EL MISTERIO DE LA CASA CHUECA

y el Bulto Color Mugre

EL MISTERIO DE LA CASA CHUECA

y el Bulto Color Mugre

Castillo  de la lectura

Dirección editorial: Antonio Moreno Paniagua
Gerencia editorial: Wilebaldo Nava Reyes
Coordinación de la colección: Karen Coeman
Cuidado de la edición: Pilar Armida y Obsidiana Granados
Supervisión de arte: Alejandro Torres
Diseño de portada: Gil G. Reyes
Formación: Zapfiro Design
Ilustraciones: Ricardo Peláez

El misterio de la Casa Chueca y el Bulto Color Mugre

Texto D.R. © 2002, Ana Luisa Anza

Primera edición: mayo de 2002
Segunda edición: mayo de 2007
Sexta reimpresión: marzo de 2012
Castillo ® es una marca registrada.

D.R. © 2007, Ediciones Castillo, S.A. de C.V.
Insurgentes Sur 1886, Col. Florida,
Del. Álvaro Obregón,
C.P. 01030, México, D.F.

Ediciones Castillo forma parte
del Grupo Macmillan

www.grupomacmillan.com
www.edicionescastillo.com
infocastillo@grupomacmillan.com
Lada sin costo: 01 800 536 1777

Miembro de la Cámara Nacional
de la Industria Editorial Mexicana.
Registro núm. 3304

ISBN: 978-970-20-0994-8

Impreso en México/*Printed in Mexico*

A Pedro y a mis hijos, María, Pedro y Ana, que
"sufrieron" la casa de las arañas y en ella aprendieron
a querer la colonia Roma y a sus personajes.

1

Arañas y otros bichos

Cuando me mudé a mi nueva colonia, me daba miedo salir. Yo estaba seguro de que era muy peligrosa, aunque nadie me lo hubiera dicho. Pero desde que pasó lo del misterio del Bulto Color Mugre, me siento capaz de enfrentar cualquier cosa.

Empezaré por lo primero, desde el uno, aunque el profe de matemáticas insista en que se comienza desde el cero, su número favorito sólo porque lo inventaron los mayas, sus antepasados favoritos.

Me llamo Pedro y tengo diez años recién cumplidos, aunque les cuento que no hubo fiesta de cumpleaños, porque mi mamá dice que ya no está para esos trotes (pues ni que organizar una fiesta fuera tan difícil como organizar una carrera de caballos).

Hace cuatro semanas nos cambiamos a este barrio. Yo no quería, porque la casa está llena de arañas patonas. Por más que las fumigues, las barras, las invites a salir o, de plano, las aplastes, siguen apareciendo. Hay arañas en todas las esquinas. Y muchos ratones. También hay hormigas pequeñitas, de esas que les dicen "asqueles" allá, en el norte del país. Pues como se llamen, antes me caían bien, pero desde que tengo que compartir mis dulces con ellas, no me parecen tan simpáticas, aunque mis papás insistan en que son inofensivas y que deberíamos imitar su sentido de comunidad.

Yo era muy feliz en mi otra casa, un departamento cerca de un parque algo sucio, donde la gente del rumbo saca a sus perros dizque a pasear, porque en realidad los lleva a que ensucien, pues supone que ahí no hay que limpiar.

Allá tenía muchos vecinos con quienes jugar. Me llevaba bien con los del primer piso y también con los del octavo. Yo vivía en el tercero, así que era como el jamón de la torta, en medio de los dos. Casi no los he visto desde que nos cambiamos. Supuestamente, las amistades son para siempre, pero la verdad es que la distancia no ayuda, aunque sólo sean diez cuadras. Y el que estemos de vacaciones y no podamos vernos en la escuela —que, por suerte, no tuvimos que cambiar— no nos hace ningún favor.

Mis dos hermanas tampoco querían cambiarse de casa. Odian las arañas más que yo, aunque a ellas no les chocaba tanto la idea, porque ya íbamos a poder tener mascotas: un perro y dos gatos (mi mamá los odia, pero los prefiere a los ratones).

El caso es que nos cambiamos de casa, con todo y arañas, porque a mis papás les convenía así. Y como los adultos siempre nos convencen, mudamos juguetes y tesoros, y aquí estamos.

Desde que llegamos al barrio, me di cuenta de lo peligroso que era. Voy a contarles por qué. No era sólo porque casi todas las noches se iba la luz, que dizque por el transformador de la esquina, pero yo había visto las sombras de vampiros trepar por el muro que unos albañiles estaban construyendo al otro lado de la calle, frente a mi ventana. Mi mamá siempre dice que tengo demasiada imaginación y que las sombras seguramente eran de los afiladores, panaderos y camoteros que andan de noche por la colonia. Qué raro que los panaderos tuvieran las uñas tan largas.

Pero eso era lo de menos. Hay personajes, como les llama mi mamá, quien se siente escritora, que son de carne y hueso, a los que todo el mundo ha visto. Pero los adultos no se toman nada demasiado en serio.

Hay una señora que siempre trae un turbante morado, y que se la pasa sonriendo como si acabara de sacarse la lotería. Cuando te cruzas con ella en la calle, te hace algún comentario que no viene al caso, como "los zapatos azules son los más bonitos" o "acabo de ver una tira de banderitas de colores".

También hay unos señores barbones que todos los días están sentados en la misma mesa del mismo café, platicando a gritos sobre asuntos de política, y casi siempre con sus tazas vacías. Generalmente, acaban peleándose entre ellos. Yo digo que son raros, porque nunca tienen prisa y parece que no tienen que trabajar, ni familia, ni otra cosa que hacer.

También hay un señor muy elegante de traje y corbata que se la pasa gritando "¡Compre su periódico!", aunque nunca trae nada en la mano.

Pero hay otros personajes mucho más extraños, y de ellos quiero hablar.

2

El hombre negro

"¡Alto, alto, en nombre de la ley!".

Ese grito se oye todos los días en la avenida. La primera vez que lo escuché, me emocioné, porque creí que me tocaría vivir algún capítulo de mis series de televisión preferidas: las de policías y, especialmente, las de detectives. Pero no. Así grita un señor que atraviesa la calle sin importarle si el semáforo está en verde o si lo van a atropellar. Se llama el Hombre Negro. Bueno, ése no es su nombre, pero yo le puse así porque diario está vestido de ese color, y con la misma ropa. Es muy moreno y tiene pelos por todos lados.

Mi mamá piensa que es un "teporocho", como se les llama a los señores que viven en la calle, huelen mucho a alcohol, traen una botella en la mano y casi siempre van arrastrando una bolsita medio apestosa.

El Hombre Negro vive por aquí. Yo no sabía dónde, pero diario, a la misma hora, lo veía atravesar la avenida al grito de "¡Alto, en nombre de la ley!"

No sé cómo no lo han atropellado, aunque a lo mejor sí le han dado uno que otro golpe, porque cojea un poco al caminar.

Al principio, cada vez que lo veía, me cambiaba de banqueta. "No me gusta su mirada de cuchillos afilados", dijo mi hermana María, quien todo el día se la pasa leyendo y, de repente, saca unas frases de lo más raras. A lo mejor su mirada es extraña porque está un poco bizco. De todos modos, no me gustaba nada, o más bien, me daba miedo, lo cual no tiene nada que ver con una cuestión de gustos.

Un día me lo encontré en el parque, que en realidad no es un parque como el que antes teníamos cerca, sino una especie de cuadrado grande donde hay una fuente con la escultura de un hombre encuerado. Creo que el tipo está bastante gordito y chaparro, pero mi mamá dice que el original es perfecto, está en Italia y se llama el *David*; lo hizo un escultor muy famoso (ni crean que no me acuerdo, se llamaba Miguel Ángel).

El tal *David* está viendo hacia un edificio muy antiguo llamado la Casa de las Brujas. No es invento. Así se llama o, al menos, así le dicen todos. No es una casa, sino un edificio de ladrillos rojos con una

especie de picos hasta arriba. Así me imagino que debe de ser el castillo del conde Drácula. Pero éste no es de vampiros, sino de brujas. Y no es castillo, sino casa. Sea como sea, O sea, combina a la perfección con mi nuevo barrio. "Brujas, lo único que me faltaba", pensé la primera vez que lo vi.

Bueno, pues resulta que, una tarde, cuando ya estaba medio oscuro, saqué a Bartolo, mi perro. Y ahí, sentado en una de las bancas, estaba el Hombre Negro. Yo no lo había visto hasta que me habló:

—Niño, ¿tendrás una moneda?

Su voz parecía como de ultratumba. No puedo describirla, pero sonaba oscura, como la de los malos de las películas, que, quién sabe por qué, siempre hablan como si algo les raspara la garganta.

Yo me puse muy nervioso y me hice el disimulado, pero cuando lo miré de reojo, me di cuenta de que estaba sonriendo. Bueno, supuse que sería una sonrisa, porque la boca se le torcía retefeo. Entonces, mejor decidí no comprarme la paleta helada que había planeado disfrutar, pues el Hombre Negro podría darse cuenta de que sí traía dinero, y a lo mejor sentía coraje contra mí.

Justo cuando ya me iba, fingiendo ser el niño más feliz del mundo y hasta silbando una cancioncita de moda, vi cómo el Hombre Negro se paraba y luego caminaba hacia una casa que ya no lo parecía.

O sea, una casa medio derrumbada, llena de grietas y sin ventanas.

Cuentan que, desde el Terremoto, aquella casa quedó chueca y abandonada. Todo mundo dice "el Terremoto" como si fuera el único que hubiera ocurrido en el mundo, y como si todos tuviéramos la obligación de acordarnos de las fechas, sin importar que hayamos nacido muchos años después.

A mí no me gustaba pasar enfrente, porque se me hacía que a lo mejor ahí vivían (si a eso se le puede llamar vivir) los espíritus de la gente que se había muerto en la colonia, porque, la verdad, debe de haber sido una casa elegante. Digo, creo que los muertos también pueden escoger, es su derecho, pero yo también tengo derecho de no pasar enfrente de ella.

El caso es que el Hombre Negro se fue directito a la Casa Chueca y se metió por una de las grietas; nomás para que calculen el tamaño de éstas. Quién sabe qué me entró, o más bien, qué le entró a Bartolo, pues me arrastró hasta allá y, antes de que me diera cuenta, yo ya estaba asomado por un agujerito de lo que fue el portón, como lo hubiera llamado mi mamá, quien tiene una fijación por las casas antiguas y se la pasa haciendo citas para poder entrar a todas las que tienen un letrero de "Se vende". Le gusta imaginarse cómo vivían las familias que las habitaron en otras épocas.

Bueno, pues me asomé, y vi al Hombre Negro. Ahí estaba, parado junto a una especie de bulto. Al principio no me fijé bien qué era, pero luego me pareció un cuerpo cubierto por una gabardina de color indefinido. Según mi papá, no hay colores indefinidos, sino combinaciones de colores, y esa gabardina tenía tal cantidad de colores revueltos que el único nombre que podía dársele era el de "color mugre".

El Bulto no se movía. No sé por qué, pero luego, luego pensé que algo no andaba bien. Justo cuando comenzaba a asustarme, el Hombre Negro volteó y otra vez dizque sonrió. Su mirada bizca, de cuchillos afilados, me veía directamente, bueno, miraba hacia el ojo que yo estaba usando para espiar.

Me costó trabajo moverme. Dicen que el miedo acalambra, pero creo que más bien te convierte en estatua de marfil, como las del juego. Bartolo me salvó, pues se entusiasmó con otro perro (a lo mejor una perra coqueta) que pasaba por ahí; corrió a perseguirlo y yo fui detrás de él, intentando no perder la correa; parecía como si el perro hubiera sacado a pasear a su niño.

No me atreví a decirle nada a nadie, en parte porque no me iban a creer (hubieran dicho que veía demasiada televisión, lo cual, confieso, a veces es cierto), y, en parte, porque decidí investigar yo solo el misterio de la Casa Chueca y el Bulto Color Mugre.

3
La Bruja

Pero antes de continuar, quiero contarles sobre Chi-son. Aunque su nombre suena a palabras dichas por un bebé, Chi-son ha sido mi mejor amigo desde que llegué a la colonia —o sea, no hace mucho. Claro, al principio no lo conocía, pero luego nos hicimos amigos gracias a una bruja. Porque claro, también hay brujas por aquí, aunque los adultos insistan en que esa señora fue actriz en sus buenos tiempos —lo cual de seguro ocurrió hace más de dos siglos—, y que por eso es un poquito estrafalaria.

Mi primer encuentro con Chi-son y con la Bruja, ocurrió un día, (o más bien, una nochecita), en la que mi papá me había llevado a tomar café con leche y a comer bísquets a la esquina. Eso es típico de por aquí. Por toda la avenida hay cafés que se creen muy originales porque su especialidad es... el café con leche. En una misma cuadra hay cuatro, por ejemplo.

Dicen que antes los llamaban "cafés de chinos", porque los chinos pusieron esos negocios cuando llegaron a México hace muchos años, creo que en la Revolución.

Me da risa que, en las películas y en las series de televisión, los chinos siempre salen como dueños de lavanderías, cuando la verdad es que en la ciudad hay miles de cafés atendidos por auténticos chinos que hablan chino, con los ojos rasgados como chinos y que, además, continúan festejando el año nuevo chino, según su calendario. Sé que yo soy del año del dragón, porque lo vi en un calendario en donde ponen los años como nosotros los contamos y luego dicen a qué año chino corresponde cada uno. La verdad, me alegra que no me haya tocado el año del perro o el de la gallina, porque el del dragón me da como más personalidad, aunque, en realidad, no sé si tenga algo que ver.

El caso es que fuimos al café de la esquina pero, para variar, había mucha cola. En esta ciudad siempre hay que hacer filas para todo, y esos cafés no son la excepción, dizque porque son baratos y muy sabrosos. Y como mi papá odia las filas, caminamos algunas cuadras más, hasta que llegamos a un restaurancito que está medio escondido y es poco conocido, aunque lleva años en el mismo lugar, creo que con la misma decoración, las mismas mesas, los mismos manteles y, sobre todo, con la misma alfombra desde que lo inauguraron (a mí me daría un poco de asco andar descalzo en ella). Se llama La estrella de Oriente (¡qué original!) y también es de chinos, aunque no hacen bísquets, lo cual es una verdadera desgracia, porque me fascinan.

Como ahí no había que esperar mesa, mi papá se animó a pedir un *chop suey* combinado. Casi me da el ataque, porque ese platillo a veces lo prepara mi mamá en casa y, la verdad, como que su aspecto de gusanos (aunque sepa que en realidad es soya germinada) revueltos con verduras cocidas y pedacitos dizque de todo tipo de carne, no me atrae mucho. Ya iba a protestar, pero mejor me quedé callado. He intentado una y otra vez que mis papás entiendan que prefiero mil veces las hamburguesas y las pizzas a los platillos exóticos que les encanta probar y que nos obligan a comer dizque "para abrir el paladar a todo tipo de sabores".

Creo que cada quien tiene derecho a decidir, pero ese argumento ya mejor ni lo uso, porque luego empiezan con el discurso de que hay mucha gente que no tiene qué comer y que nosotros (o sea, mis hermanas y yo) tendríamos que estar agradecidos. Y como en esto sí tienen razón, y luego me siento mal por desperdiciar la comida, mejor me callo y me como todo, tratando de imaginarme que los hilitos de soya son papas a la francesa.

Pues en eso estaba, cuando la Bruja apareció en la puerta. Iba toda enjoyada, peinada como esas señoras que diario van al salón de belleza, porque lograr esa altura de copete no es nada fácil. Parecía como de mil años, uno por cada arruga en su cara. Estaba toda pintarrajeada y sus cejas eran de mentiras, pues de tan vieja, las de verdad se le habían caído y se las tenía que delinear con crayones. Su boca era enorme y muy roja. Iba con una túnica negra con una cadena dorada y unos zapatos de tacón altísimo.

No es mi imaginación: todo mundo volteó a verla —incluso mi papá— y ella no vio a nadie, sólo avanzó entre las mesas y fue a sentarse justo frente a mí. Pidió un té de jazmín, pero en chino (de ahí aprendí mi primera palabra en ese idioma: *molai-cha*) y el mesero, que sí era chino, se quedó muy sorprendido.

Sin darme cuenta, me comí todo el *chop suey*, porque estaba demasiado distraído observando a la Bruja desde mi lugar. Ella le daba pequeños sorbos a su tacita de té y miraba fijamente la pared, como si quisiera atravesarla. Yo pensé que con la fuerza de su mirada haría pedacitos el cuadro del muro que estaba detrás de mí, con lo cual le habría hecho un gran favor al restaurante, porque la pintura estaba verdaderamente horrorosa y sucia. Y justo cuando me puse a pensar por primera vez que en verdad era una bruja, ella volteó a verme. Sentí que hasta el cabello se me acalambraba, y como temía que también me atravesara con los ojos, me paré dizque al baño.

Ella me siguió con la mirada y, cuando casi estaba seguro de que me estaba haciendo un hechizo de "engarróteseme ahí", cerré la puerta del baño.

Una vez vi una película en la que el malo convertía a todos en zombis que obedecían su voluntad; a algunos los volvía de piedra, mientras que a otros los obligaba a pertenecer a su banda para apoderarse de la Tierra. Claro que, en la película, el bueno era un enmascarado, ya no me acuerdo cuál de los luchadores famosos, que vencía al malo, pero como en el restaurante nadie parecía tener cara de héroe, preferí quedarme un buen rato dentro del baño, al cabo podía inventarle a mi papá que la comida me había hecho daño o, mejor, fingir que era alérgico a la soya germinada.

Antes de aventurarme a salir, abrí la puerta sólo un poco y me asomé por la rendija. La Bruja seguía ahí. Lo que me sorprendió fue ver, al lado de la puerta y sentado en cuclillas (o "culequillas", como dice mi abuelita), a un niño que también espiaba a la Bruja. Como la puerta había hecho ruido al abrir,

él volteó a verme. Era un niño chino, pero chino de verdad, con los ojos rasgados y los cabellos tan lisos como alambres que parecían querer escaparse de su cabeza en todas direcciones.

—¡Shhh! —dijo, y me hizo una señal para que me agachara junto a él. Yo, como menso, me agaché. Digo como menso, porque uno no anda obedeciendo a cualquiera, mucho menos a un desconocido. Los dos nos quedamos viendo a la Bruja.

—*Nai-jou*, soy Chi-son —me dijo el niño sin voltear a verme. Al principio pensé que me decía un trabalenguas, pero luego me lo repitió y entendí que se estaba presentando, aunque en ese momento no me quedó claro cuál era el nombre. Después supe que *nai-jou* es "hola", aunque no sé si así se escribe, pero, al menos, así suena.

—Pedro —contesté, señalándome a mí mismo. Me sentí como en las películas donde Tarzán dice su nombre mientras se golpea el pecho, porque no sabe decir nada más. Y no es que no conociera fórmulas más adecuadas para presentarme, pero no sabía si el niño chino hablaba español.

—Bruja —dijo Chi-son. Y a mí se me heló la sangre. Bueno, ésa es una expresión, porque la sangre no se congela de veras. Ya estudié en la escuela lo de la circulación y si la sangre se parara en serio, pues adiós corazón y adiós vida... Pero volviendo al tema, como Chi-son dijo una palabra mágica, justo la misma que yo estaba pensando, me sentí cercano a él, aunque ni lo conocía (traté de olvidar esas ideas sobre los chinos que siempre parecen misteriosos y andan enredados en asuntos extraños).

En ese momento, la Bruja se paró y se acercó al baño. Nos quedamos aún más paralizados cuando ni siquiera intentó abrir la puerta. Sólo nos miró desde arriba, no porque ella fuera tan alta, sino porque nosotros estábamos acuclillados, y nos hizo adiós con la mano.

—*Ju-kin*, adiós —dijo la bruja en los dos idiomas, y se fue. Sólo le faltó agregar "ñaca ñaca" como hacen las brujas de las caricaturas.

Chi-son desapareció en la cocina y yo me fui tras él. Estaba muy asustado y no quería hablar conmigo, así que fingía que llevaba platos sucios de un lado al otro, pero yo me di cuenta de que los acomodaba y desacomodaba sin saber qué estaba haciendo. Por más que yo le preguntaba cosas, él hacía como si no me entendiera, y de vez en cuando contestaba en chino a los cocineros, quienes debían de estar comentando algo muy chistoso, porque se reían como para adentro.

—Voy a vencer a la Bruja —le dije a manera de despedida, en parte porque así pasa en las películas cuando el héroe está a punto de partir a una misión peligrosa, y en parte, porque también quería dejar bien claro quién era el valiente.

Chi-son se puso amarillo pálido.

—No, no... *pei-ma* —gritó. Todos se le quedaron viendo; hasta dejó de oírse el ruido normal de la cocina. Entonces se acercó y me dijo, en un español que daba pena, que no podía ir contra la Bruja.

—*Pei-ma* —insistía, como si yo le entendiera. Así que lo tomé del brazo y lo arrastré hasta donde estaba el cajero, un chino muy serio quien, luego supe, era su tío. A duras penas me hice entender y, por fin, me explicó que *pei-ma* es algo así como misterio, como secreto.

—¿Tú sabes algo del misterio? —le pregunté a Chi-son. Esta vez, mi amigo (ya lo consideraba mi amigo, especialmente porque estábamos de acuerdo en que esa mujer era una bruja), se puso rojo.

—Casa Chueca —murmuró.

Y entonces supe que ya éramos dos los integrantes del equipo de investigación sobre el misterio de la Casa Chueca. Una especie de cómplices, pero de los buenos.

Regresé a la mesa donde mi papá todavía disfrutaba de sus deliciosos gusanos, digo, *chop suey*.

4
Don Pacho

Dos días después (y no al día siguiente, como yo hubiera querido, porque tuve entrenamiento de futbol), fui a buscar a Chi-son. Como era tarde, había poca gente en el restaurante y lo encontré haciendo garabatos en la mesa de la cocina.

Cuando me acerqué, vi que no eran garabatos, sino letras de nuestro alfabeto. Su tío, Juang (así, con "g" al final) se lo estaba enseñando, porque los chinos no tienen letras como las nuestras; ellos hacen unos signos muy complicados y leen distinto (no de izquierda a derecha, sino de arriba abajo). A lo mejor por eso les dicen "enigmáticos". Me parece que se hacen la vida bien difícil, pero, como dice mi papá "Cada quien su cultura".

El tío Juang ya tenía varios años en México (¿cuántos?, no sé, porque sigue midiendo el tiempo según su calendario, así que, según él, llevaba en México desde el último año del Conejo) y había mandado traer a Chi-son de Cantón para entrenarlo como ayudante de cocina. Luego se traería a toda la familia de Chi-son, ya que eso se acostumbra mucho en su país. A lo mejor pasa lo mismo que con los mexicanos, pues muchos se van a Estados Unidos y luego, cuando les va bien, empiezan a llevarse a toda la familia.

Al tío Juang le pareció muy bien que su sobrino tuviera un amigo mexicano y lo dejó salir conmigo, aunque Chi-son no tenía muchas ganas de acompañarme, por más que le dije que solamente iríamos al parque a ver la fuente y a comprar un helado. Bien sabía que yo sabía que en ese parque estaba la Casa Chueca, pero no dijo absolutamente nada (a lo mejor no podía, pues no sabía cómo) y me siguió.

Y digo me siguió, porque eso fue lo que hizo, lo cual me desesperó, porque sentía que traía un guardaespaldas en lugar de un cómplice. A mí siempre se me ha hecho bastante horrible la costumbre de algunos influyentes (como les dice mi mamá) de traer uno o dos hombres pegados como sombra, que no los dejan solos ni para ir al baño. Una vez me acerqué a uno de esos señores para preguntarle qué se sentía ser guarura (porque así se abrevia guardaespaldas). Recuerdo que mi mamá se puso muy roja y me dijo que esas cosas no se preguntaban. La verdad, ni entendí por qué, pues no tiene nada de malo preguntar. Si el suyo es un trabajo como cualquier otro, ni que fuera narcotraficante o algo así.

Al llegar al parque, antes de que Chi-son se echara a correr de regreso al restaurante, me fui directamente al puesto de paletas heladas, justo al lado contrario de la Casa Chueca, como si me importara un comino pasar por ahí. No sé por qué dicen eso de "me importa un comino"; a mí me gusta más decir "me importa un pepino", pero supongo que un comino es mucho más insignificante por ser más pequeñito. Chi-son para nada fue discreto, pues no despegaba la vista de la Casa Chueca, como si tuviera un imán en los ojos.

Y entonces ocurrió. De la reja de la Casa Chueca salió la Bruja con don Pacho, un viejecito muy saludador a quien todo mundo conoce por aquí. Él es otro de los personajes misteriosos de la colonia.

Nosotros lo conocimos desde antes de cambiarnos a la casa nueva (que de nueva no tiene más que a nosotros, porque es de principios del siglo pasado y se le nota, aunque mi mamá me fulmine con la mirada). Don Pacho nos hizo la plática luego luego y, según él, venía todos los días a ayudarnos, pero sólo nos quitaba el tiempo. En realidad quería que le compráramos unos quesos que vende de casa en casa que le manda un sobrino desde quién sabe cuál pueblo del norte de México. Son quesos oaxaca... así que eso me parece muy sospechoso porque, ¿en qué parte del norte van a hacer quesos oaxaca, si hasta Ana, mi hermana más chiquita, sabe que Oaxaca no está en el norte, sino en el sur?

Desde el principio me dio mala espina porque, cuando mis papás se metían en la casa, él se ponía a contarnos historias de aparecidos, ladrones y muertos: que a doña Herlinda (la de la miscelánea de la otra cuadra) se le había metido un ladrón por la ventana y que él, don Pacho, la había salvado usando una escoba como arma; que en el lote baldío de enfrente había un taller de coches muy famoso, pero que un día, la policía descubrió que no desarmaban coches, sino otras cosas (decía esto para que nosotros nos imagináramos lo peor); que a su sobrino, quien había trabajado de mozo en la que ahora es nuestra casa, todas las noches se le aparecía el espíritu de una mujer que se reía como loca y luego bailaba el *Jarabe tapatío* sobre su cama...

Y así, miles de historias que contaba nomás por el gusto de asustarnos. Y lo lograba, aunque nosotros nos hacíamos los muy valientes, pero en cuanto cerrábamos la puerta, nos poníamos a revisar cuidadosamente los clósets y los cuartos... no fuera a haber algo raro por ahí.

Empecé a sospechar de él y de sus quesos cuando lo vi dándole un pedazo de su mercancía a uno de los gatos protegidos por la vecina de enfrente, una viejecita que vive sola en una casa enorme y que todos los días sale a las doce en punto para darles de comer a las palomas (yo digo que también a las ratas), y en cuanto se mete el sol, les lleva un guisado a los gatos de la cuadra. Por eso digo que son sus protegidos.

Pues un día, don Pacho le dio un pedacito de queso al gato pardo, el más gordo de todos. Eso me pareció una tontería, porque todo mundo sabe que los gatos no comen queso, pero el animal se lo tragó todito.

Al día siguiente, el gato amaneció muerto frente a la casa de la viejecita. Dicen que lo atropellaron, pero sé que no es cierto, porque uno, a los gatos no los atropellan encima de la banqueta; dos, era el gato con más experiencia callejera; tres, no tenía huellas de llanta, aunque no sé si los coches dejan marcado el dibujito de las llantas cuando atropellan a alguien, y, cuatro, tenía la facha típica de un envenenado. Esto último yo lo sospeché por lo del queso del día anterior y porque, cuando don Pacho le ayudó a la vecina a poner el gato en una caja, su sonrisa era torcida (como si él hubiera pensado "¡Sí funciona!").

Le conté a mi mamá mis sospechas luego luego, pero, para variar, se me quedó viendo con cara de

31

"tienes demasiada imaginación" y me tiró a lucas (esta expresión me encanta, aunque no todos saben que significa "me vio como si estuviera loco").

Por si las dudas, desde entonces me encargué de hacer desaparecer el queso que mi mamá le compraba a don Pacho. Cuando nos preguntaba dónde había quedado el queso, mis hermanas y yo decíamos que estaba tan rico que nos lo habíamos acabado, porque ellas eran mis cómplices en eso, pues también sospechaban del vendequesos envenenados. A mi mamá le daba mucho gusto, porque ella siempre ha preferido que nos atasquemos de queso, en vez de comida chatarra, aunque ella no alcance a probarlo. Pero, la verdad, tratábamos de protegerlos a ella y a mi papá. A lo mejor don Pacho quería probar diferentes dosis de veneno para ver si funcionaban. Pues ése es don Pacho. Y él mismo salía de la Casa Chueca con la Bruja... ¡y tomados del brazo, platicando como si fueran grandes cuates!

Como todos sabemos que uno más uno son dos, Chi-son (quien, por el asombro, abría los ojos tanto como podía, que en su caso no es mucho porque parecen rendijas) y yo llegamos rápidamente a la misma conclusión: un envenenador y una bruja juntos sólo podían estar tramando algo muy malo. Así que dejamos el miedo junto con la paleta helada en un basurero del parque y los seguimos.

Pero antes, le echamos una ojeadita a la Casa Chueca. En el patio no había nadie, pero se alcanzaba a ver, a través de la ventana más sucia del mundo, un Bulto Color Mugre.

Así que seguía ahí.

5
LA MANCHA ROJA

Igualito que en las películas. Solamente nos faltaban el impermeable y la gorra de detective. Ahí íbamos Chi-son y yo, pegándonos a las paredes, escondiéndonos tras los puestos de periódicos o en las decenas de florerías de esa cuadra, intentando no perderlos de vista. No es que fuera muy difícil, porque la Bruja caminaba muy despacio, como si se le fueran a quebrar los popotes que tiene en vez de piernas, así que, a veces, teníamos que aflojar el paso para no alcanzarlos.

Y de repente, a Chi-son le dieron ganas de ir al baño. Me dio a entender que ya no aguantaba. No me lo dijo, porque ni siquiera se sabía la palabra "pipí" en español. Yo no sé por qué la realidad no es como en las películas, donde los héroes nunca tienen que ir al baño aunque lleven horas atados a una silla en un sótano, o cuando pasan días y noches enteras persiguiendo a los criminales por las azoteas. Sería muy divertido ver, cuando están a punto de atrapar a un malvado durante una emboscada, que el mero mero tiene que retirarse un momento para hacer pipí y se le frustre la acción.

A lo mejor mi mamá tiene razón cuando dice que los personajes de las películas son sólo eso y no personas reales; que no hay que creer todo lo que sale en la televisión. Yo casi no les creo a los comerciales y hasta he hecho pruebas. Una vez embarré mi camiseta blanca de salsa cátsup, mostaza, lodo y grasa de coche, y el detergente no sirvió para nada. La camiseta blanca no salió "albeante de limpia", sino con manchas que nunca se quitaron. Tuve que invertir seis de mis domingos para comprar una nueva, porque mi mamá se puso furiosa y hasta lloró porque no sabemos valorar ni cuidar nuestras cosas.

El caso es que Chi-son quería ir al baño y, claro, no había ni uno en kilómetros a la redonda, porque uno no puede pedir prestado el baño en cualquier lugar. Por aquí, casi todos los negocios tienen un letrero que dice: "Evítenos la pena de negarle los sanitarios". Eso quiere decir que los muy envidiosos no le prestan el baño a nadie, como si no pudieran entender que "ya" es "ya", y que el cuerpo no tiene horario, como dice mi tía Amina cuando anda enferma de la panza.

Por suerte, la Bruja y don Pacho se detuvieron en ese momento frente a la puerta de un edificio que seguro no tarda en derrumbarse. Y digo por suerte, porque justo en la esquina había una jardinera y Chi-son fue, como decía mi abuelo, "a darles de beber a las florecitas". Siempre me pone muy nervioso que la gente haga pipí en la calle, aunque lo comprenda, porque a veces no hay remedio, sobre todo en esta ciudad. Pero debo reconocer que, en eso, los hombres tenemos más suerte que las mujeres, porque podemos "hacer de las aguas" (oí esta expresión una vez en un rancho) mientras estamos parados y sin que nadie se dé cuenta.

Pues mientras Chi-son hacía sus necesidades, yo me fijé bien cuál timbre tocaban, porque había como veinte. Seguro que casi ninguno funcionaba, pues también había una maraña de cables que salían de todos lados. Tocaron el segundo de la fila izquierda, y un minuto después, una cara, redonda redonda, se asomó por la ventana del piso de hasta abajo y gritó "¿Quién?". No sé para qué preguntaba si casi tenía a don Pacho y a la Bruja enfrente.

Era una señora bastante gorda, con manchas rojas en la cara y un aparatito en la oreja derecha. Yo ya conocía esos aparatos: sirven para que la gente pueda oír mejor. Pero sé que también los usan los agentes de espionaje y de otras organizaciones de "inteligencia" (como si todas las demás fueran tontas), y que sirven para recibir instrucciones. Ya nada podía engañarme. Si se había atrevido a abrirles la puerta al envenenador y a su acompañante, seguro que la Mancha Roja (como le pusimos Chi-son y yo) pertenecía a una banda criminal bien armada, porque contar con un aparato de ésos significaba que tenían bastante tecnología.

No había manera de que Chi-son y yo entráramos al edificio, ni de volvernos invisibles. Por suerte, la ventana estaba bastante baja y tenía abiertas las cortinas, así que pudimos asomarnos al departamento de la Mancha Roja. Ahí estaban los tres, riéndose muy a gusto, aunque no pudimos oír nada de lo que decían por más que nos esforzamos.

De repente, los tres pusieron cara de preocupación. La Mancha Roja sacó una olla, le puso agua y la dejó en el fuego. Luego la Bruja sacó un sobrecito de papel de su bolsa (una bolsa horrible, negra y llena de flecos), lo abrió y dejó caer un polvito en la olla. ¡Una pócima! Una pócima de poderes mágicos (típico de las brujas), o tal vez era el veneno para los quesos de don Pacho. Seguramente, la Mancha Roja era la jefa de la banda criminal o recibía órdenes de una autoridad superior, porque a cada rato se ponía la mano en la oreja derecha (como haciéndole casita) para recibir más instrucciones y luego seguía hablando. Me recordó a algunos actores y actrices, sobre todo de telenovelas, quienes usan también un aparatito para que les vayan soplando lo que se les olvida. Algunos son muy buenos, pero a otros se les nota que les están soplando porque, de repente, se quedan como alelados, y después siguen hablando como si nadie se diera cuenta. Pues igual la Mancha Roja.

Lo malo fue que, en ese momento, se voltearon de espaldas. Sólo pudimos verlos inclinados sobre un papel que tenía una lista. La Bruja sacó una pluma dorada (de lo más cursi, para mi gusto) y tachó uno de los renglones. ¡Ajá! Chi-son y yo estuvimos de acuerdo: iban tachando a quienes ya habían eliminado. Seguramente eran nombres de personas y acababan de tachar el del Bulto Color Mugre que estaba en la Casa Chueca.

Estábamos haciendo esas deducciones, cuando vimos una sombra proyectarse sobre la pared de la ventana. Chi-son y yo volteamos al mismo tiempo.

—¿Tienen una moneda? —nos dijo el Hombre Negro, mientras nos veía con su mirada de cuchillos afilados.

Y, sin esperar respuesta (de todos modos se hubiera quedado esperando mil horas, porque Chi-son y yo, además de mudos, nos quedamos inmóviles), hizo sonar un timbre del edificio, el segundo en la fila de la izquierda.

6

LOS ESPÍAS

El Hombre Negro no entró en la casa, de eso estamos completamente seguros. Pero la Mancha Roja salió a recibirlo, le dijo algunas palabras que no alcanzamos a oír (gracias a que Chi-son estaba como rezando en chino y hacía mucho ruido) y luego le dio dinero. Bastantes monedas. Por lo menos, lo que yo hubiera juntado en medio año por hacer mi cama todos los días y por sacar algunos dieces en la boleta de calificaciones.

Estábamos petrificados. A mí esa palabra me encanta porque se parece a mi nombre. Quiere decir que nos quedamos como si estuviéramos hechos de piedra, que es el verdadero significado de mi nombre, Pedro.

Chi-son me dijo, después de cien mil explicaciones salpicadas de chino y veinte mil gestos, que era como un pago por hacer algún trabajo para la banda. Y en eso estábamos, cuando llegó la Extraterrestre.

A ella yo nunca la había visto en la colonia, pero puede ser que ya estuviera desde antes, porque mi familia y yo teníamos pocas semanas en el rumbo.

Lo chistoso era ver cómo Chi-son y yo podíamos pensar exactamente lo mismo y al mismo tiempo. Cuando la vimos acercarse al portón del edificio y tocar el segundo timbre de la izquierda, luego luego supimos que era parte de la banda. No porque fuéramos genios, sino porque, la verdad, era muy obvio. Inmediatamente la encontré demasiado parecida al extraterrestre de una película muy famosa que viene a la Tierra y quiere volver a casa. Y Chison, por supuesto, no se supo la palabra, pero señaló

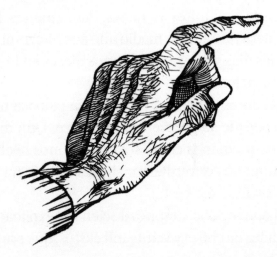

hacia el cielo e imitó un platillo volador, como dando a entender que venía del espacio, de otra galaxia fuera de nuestro sistema solar, pues los marcianos son verdes y ella (por ser una mujer extraterrestre) tenía color de humano.

Voy a describirla: su cabeza era muy grande. Dicen que en algunas partes de México, la gente tiene la cabeza más grande de lo normal. A lo mejor en la región de los olmecas, porque un día vi un documental de las cabezas gigantes que desenterraron. Pues aunque estaba flaca, tenía la cabeza grande y abultada, el cabello muy amarillo (demasiado para ser de verdad), y lo más impresionante, unos ojotes grandísimos de color azul casi transparente.

Quiero aclarar una cosa: yo sí creo en los extraterrestres. No en los de las películas, que casi siempre son muy malos y quieren apoderarse de nuestro planeta. Creo que es imposible que seamos los únicos habitantes del universo, es como si una hormiguita tuviera un edificio de cien pisos para ella sola.

Una vez me puse a pensar que a lo mejor nosotros ni siquiera somos lo que pensamos. Por ejemplo, ¿qué tal si los humanos sólo somos las células, y la Tierra entera, solamente un órgano más (como el corazón o el hígado o el páncreas) de otro ser gigante que a lo mejor ni siquiera se parece a nosotros? Si así ocurriera, esos seres gigantes (formados por células en forma de humano) tendrían otros sistemas solares y otras galaxias y, a lo mejor, hasta estarían pensando que hay seres diferentes a ellos. Pero tal vez eso sí ya es mucha imaginación.

Bueno, ahí estábamos espiando, mientras el primer ser extraterrestre que me daba miedo, se reunía con el resto de la banda.

Ya me estaban dando ganas de regresarme a mi casa; de pronto sentí la urgencia de ayudar a mi mamá a poner la mesa o de barrer mi cuarto, aunque yo sabía que eran purititos nervios porque, la mera verdad, para nada me gustaría convertirme en el perfecto amo de casa.

Como Chi-son no tenía intenciones de irse y otra vez estaba viendo por la ventana, tuve que aguantarme la prisa de irme y también me puse a mirar.

La Mancha Roja vertió el líquido de la olla en una botella verde (como las de vino) y don Pacho la cerró con un tapón. Se la entregaron a la Bruja y ella salió de escena. O sea, ya no la veíamos a través de la ventana. Cuando nos dimos cuenta, estaba en la puerta del edificio, muy feliz con su pócima mágica bajo el brazo y caminando hacia la Casa Chueca.

Entonces, Chi-son y yo decidimos separarnos. Él se quedaría vigilando a los demás mientras yo iba tras la Bruja. La verdad, yo hubiera preferido la misión de mi amigo, pero no era justo que, con tan poquito tiempo en el país, Chi-son se echara el trabajo más peligroso. Dice mi papá que hay que ser amables con los extranjeros, porque cuando a uno le toca estar en otro país, también espera que lo traten bien. Eso se llama ser hospitalario. Así que, como Chi-son era el extranjero, a él le tocó quedarse espiando por la ventana y a mí, seguir a la Bruja.

7

TORTURA TELEVISIVA

Voy a confesar algo. Como estaba anocheciendo, nomás me cercioré de que la Bruja entrara a la Casa Chueca y me fui derechito a mi casa. Antes no lo habría admitido, porque hubiera significado aceptar que fui gallina, pero tengo que hacerlo. ¿Por qué? Porque si sólo me hubiera quedado un ratito más, tal vez hubiera espiado por la reja y, a lo mejor, hasta me hubiera atrevido a entrar en la Casa Chueca para ver el Bulto. Si hubiera hecho esto en vez de meterme a mi casa, tal vez las cosas habrían sido de otro modo y no se habría armado el escándalo que se armó. Pero el "hubiera" no existe, dice mi papá. Así que mejor cuento la verdad, no seguí a la Bruja y volví a casa.

En cambio, Chi-son se comportó como el más valiente de todos los valientes que yo haya conocido hasta ahora. Él permaneció en su puesto de espionaje durante horas. O al menos, eso fue lo que me dio a entender.

Tuve que aguantarme la curiosidad toda la mañana del día siguiente, porque Chi-son tuvo que ayudar a su tío Juang en el restaurante. Me la pasé, como decía mi maestra del año pasado, la señorita Dolores, "como lombriz en comal caliente". Ésa era su expresión favorita y la usaba cuando estábamos muy inquietos, porque las lombrices deben moverse mucho si se están quemando. La primera vez que la oí decirlo, me dieron ganas de hacer el experimento, pero me arrepentí, porque hubiera sido muy cruel con esos pobres animales que no pueden ni defenderse.

Para tratar de calmar mis nervios, me puse a ver la televisión. La verdad, eso no me sirvió de mucho, porque todos los programas con los que me topé ese día, tenían alguna relación con mi trabajo de detective. Por ejemplo, primero vi uno de esos programas educativos en el que estaban hablando sobre el ábaco que los chinos inventaron para hacer sumas y restas. Pensé en Chi-son y me puse nervioso. ¿Qué tal si ya no lo encontraba con su tío porque lo habían hecho prisionero y yo ahí, tan tranquilo, enterándome de la historia del ábaco? Luego le cambié a un documental acerca del espacio, del universo y de las posibilidades de vida en otros planetas. Pero

por más que quise concentrarme, los ojos azules de la Extraterrestre se atravesaban en mi pensamiento. Si hubiera estado en clase, seguro que la maestra Dolores me hubiera dejado hacer una investigación sobre los ríos de mi ciudad, como castigo por no poner atención, la cual hubiera resultado bastante fácil, pues, según yo, ya no quedan muchos ríos, a no ser que sean de coches en el Periférico. Para cuando llegué a esta conclusión, el programa del espacio ya se había terminado, y le seguía uno de biología. Ese capítulo se trataba, para colmo, de las propiedades medicinales de algunas plantas y el daño que causan en el organismo si no se les usa adecuadamente. No pude evitar acordarme de mi maestra Maru, de laboratorio, lo extraño era que se me aparecía como una bruja, mezclando pócimas y rellenando botellas verdes con venenos para queso.

Total, que mi mañana televisiva fue una absoluta tortura, hasta que Chi-son llegó a mi casa. Estaba del amarillo más pálido que se puedan imaginar, y traía en la mano un papel todo arrugado: la lista que habíamos visto por la ventana de la casa de la Mancha Roja. Era de nombres, como imaginábamos.

Y casi todos estaban tachados.

8

La lista de los siete

Esa tarde, Chi-son hizo su mejor esfuerzo para explicarme cómo le había hecho para obtener la lista, y esto fue lo que entendí:

En la esquina del edificio donde vive la Mancha Roja hay un minisúper, de ésos que venden refrescos, pañales, pan, latas y puras cosas de emergencia, así que se le ocurrió conseguir una bolsa (de las que traen impreso el nombre de la tienda), y luego tocó el segundo timbre de la fila izquierda.

Pensó que si se hacía pasar como mensajero de la tienda, de los que hacen entregas a domicilio, a lo mejor lo dejaban pasar. A mí nunca se me hubiera ocurrido, y si acaso lo hubiera llegado a pensar, habría inventado 722 excusas para no hacerlo, porque eso de ir a meterse en la boca del lobo no sólo es arriesgado, sino una tontería enorme.

No supe bien qué pensar de mi amigo. La verdad, me daba un poco de vergüenza que él hubiera tenido el valor de entrar a la casa de la Mancha, mientras yo me había regresado a la mía en la primera oportunidad. Tal vez fue porque Chi-son todavía no entiende mucho de la vida en esta ciudad, con eso de que antes vivía en un pueblo de ¡dos mil habitantes! Sólo en esta colonia hay más... Tengo que reconocer que yo tampoco sé gran cosa sobre cómo era su vida en China antes de que viniera a México. No sé cómo me las arreglaría yo en un lugar tan chiquito. Algún día le pediré a Chi-son que me cuente todo acerca de su vida allá, y como cada vez habla mejor español, seguro le entiendo.

Pero bueno, volviendo a la hazaña de mi amigo, o está loco, o de plano, no lo pensó. Tocó el timbre y entró hasta la puerta del departamento. Tuvo mucha suerte, porque, en ese momento, don Pacho y la Extraterrestre ya estaban saliendo; así que la Mancha Roja lo dejó parado en la puerta mientras iba a despedirlos. Chi-son no lo pensó dos veces, entró rapidísimo y tomó la lista que estaba en la mesa. Claro que la Mancha Roja lo pescó adentro de su casa y empezó a gritarle que por qué entraba a su casa, y qué quería.

Dice Chi-son que, conforme ella iba gritando, las manchas de la cara se le hacían cada vez más rojas.

Él le enseñaba la bolsa de la tienda y, como estaba nervioso, decía puras palabras en chino.

La Mancha Roja al fin entendió que era un mensajero de la tienda y se tranquilizó. Lo jaló del brazo, lo llevó a la calle y le dio un sermón del cual Chi-son no entendió ni el principio ni el final, o por lo menos eso fue lo que yo entendí.

Chi-son volvió a su casa. Ya ni pensó en buscar a la Extraterrestre y a toda la banda. Guardó bien la lista y también él tuvo que sufrir durante horas antes de volver a vernos.

Había que tener tranquilidad. Así que, esa tarde, Chi-son y yo decidimos actuar como detectives sobre las pistas. Ninguno de los nombres de la lista nos sonaba conocido, lo cual no era raro, pues ni Chi-son ni yo habíamos pasado mucho tiempo por estos rumbos. De hecho, eran nombres y apellidos bastante comunes: López, González, Álvarez... Eran siete en total (número de mala suerte) y el único que no estaba tachado era el de Juvencio Martínez.

Hicimos un análisis de la situación:

Uno. Ya sabíamos que se trataba de una banda integrada por un envenenador, una bruja, una extraterrestre, un señor medio raro que hacía de mensajero del mal y una jefa: la Mancha Roja.

Dos. Era evidente que estaban escondiendo algo o a alguien en la Casa Chueca.

Tres. Estaba claro que estaban haciendo algo con la gente de la lista. No pudimos decidir si los eliminaban con veneno porque habían descubierto sus actividades en la colonia, o si los dormían con sus pócimas para transportarlos al planeta de la Extraterrestre, o si controlaban la mente de sus víctimas con sus brebajes para formar un ejército que los ayudara con sus planes (que no sabíamos cuáles eran).

Cuatro. Sólo quedaba un nombre en la lista. Teníamos que salvar al tal Juvencio, aunque no supiéramos exactamente de qué ni cómo, porque el asunto estaba en chino (con todo respeto para Chi-son).

Quizá necesitábamos más pruebas para ir con la policía, y aún más para que mis papás y el tío Juang nos creyeran.

Decidimos echar una espiadita más.

Muy cerca de casa, a sólo una cuadra, vimos a la banda salir de un café de chinos, tan campante. El Hombre Negro se acercó al grupo y nosotros fuimos tras él.

Alcanzamos a escuchar cuando les dijo a los demás "Encontré a Juvencio".

9

LOS POLICÍAS VALIENTES

A Chi-son y a mí nos entró la prisa. Ya no había tiempo de maquinar planes y estrategias, sobre todo si el tal Juvencio se encontraba en algún tipo de peligro, cualquiera que fuera.

Sólo se nos ocurrió ir con la policía. Habíamos visto a uno vestido de azul fuera de la oficina de correos, y Chi-son y yo no lo pensamos dos veces. Cuando llegamos, estaba recargado en la pared echándose una torta.

Cuando se decidió a hacernos caso (o sea, después de comerse el último pedazo de torta, el cual le dejó un trozo de milanesa en el labio), le expliqué el asunto como pude, mientras Chi-son me apoyaba haciendo gestos y diciendo una que otra palabra en chino y, muy de vez en cuando, alguna en español. Pero conforme le explicábamos, nos íbamos dando cuenta de que nuestro caso parecía más un montón de invenciones de niños con demasiada imaginación, que un misterio de verdad.

—¿Una banda de extraterrestres? —nos preguntó con una sonrisa que a mí no me gustó para nada.

—Una sola extraterrestre —señaló Chi-son con mucha precisión.

—¡Ah! ¿Y la bruja de las pócimas sí es humana? —preguntó.

—Sí, pero ha de tener, por lo menos, trescientos años —contesté, aunque luego pensé que para qué aclararle tanto.

—¿Y también hay un envenenador... de gatos? —siguió preguntando.

Ya para entonces, me había arrepentido de incluir la muerte del gato, porque él tampoco creería que un animal de ésos hubiera podido comer queso.

Y así nos tuvo, a pura pregunta. Chi-son y yo notamos que no nos creía nada, pero mejor nos aguantamos a ver si nos acompañaba a la Casa Chueca para evitar lo que hubiera que evitar.

Con su última pregunta ("¿Sospechan ustedes de una organización terrorista internacional?"), Chi-son y yo supimos que se estaba burlando de nosotros, especialmente cuando se le escapó una carcajada tan exagerada, que a la señorita de la oficina de correos se le corrió el barniz con el que se pintaba las uñas.

No entiendo por qué a los adultos hay que convencerlos de todo. Mis papás tienen que preguntarme lo mismo hasta tres veces, como si quisieran dejarme reflexionar y arrepentirme de mis mentiras, aunque les esté diciendo la verdad. Por ejemplo, cuando llego de la escuela y mi mamá me dice "¿Tienes tarea?". Si le contesto que no, aunque sea cierto, vuelve a preguntarme lo mismo: "¿Hoy no te dejaron nada de tarea?". Vuelvo a responder que no. "¿Nada?", insiste, haciéndose la sorprendida. Y así podemos seguirnos. No sé si lo hace por desconfianza o porque a los adultos les encanta preguntar para platicar de algo.

Ya nos íbamos, entre enojados y desesperados, cuando el poli nos salió con esto:

—Sólo soy un guardia, así que no puedo meterme en asuntos criminales —nos dijo, y después se lanzó como rayo al puesto que tienen los de la vecindad para comprarse, supongo, otra torta. A lo mejor le da mucha hambre estar vigilando ahí parado todo el tiempo.

Mientras caminábamos hacia la Casa Chueca, nos topamos con otro policía azul (bueno, vestido con uniforme azul; no es que fuera de ese color) afuera del banco.

La misma historia. Al final, nos salió con que:

—Yo soy policía bancario y sólo cuido bancos, no persigo fantasmas.

Ya mejor ni le aclaramos que no había fantasmas, sino brujas, extraterrestres... pero, ¿para qué perder tiempo en explicaciones?

En la esquina del semáforo, había un policía café (tanto él como su uniforme). Ya no los voy a aburrir con la misma historia. Volvimos a repetir lo mismo, nos hizo más preguntas babosas y finalmente nos salió con:

—Yo soy policía de tránsito, mi único deber es cuidar la circulación y que no haya accidentes.

O sea, de tres policías, a ninguno le tocaba atender asuntos criminales. Supongo que eso es, como dice mi papá, la burocracia. Hay policías para cada cosa: cuidar oficinas, vigilar bancos o controlar el tráfico. Seguramente habrá algunos policías cuya misión consiste en atrapar criminales, pero no sé de qué color se vistan.

Si no contábamos con la policía, tendríamos que enfrentarnos solos a los criminales. Pero, otra vez, estaba en chino; dos niños (aunque fuertes y valientes) contra toda una banda. Necesitaríamos ayuda de los adultos, pero, por lo visto, estaba difícil que nos creyeran. O por lo menos, tardado. Y es que no teníamos tiempo para andar dando pruebas y explicaciones.

Entonces hicimos un plan, y todos los niños que vivían en la cuadra tendrían que ayudarnos.

10

LOS QUINCE PAPELITOS

Juntar a todos los niños fue fácil. Para esto, María y Ana, mis hermanas, nos ayudaron muchísimo. Como son muy amigables y siempre se fijan en quién vive dónde y todo ese tipo de cosas, en media hora ya habían reunido a varios niños en la construcción de enfrente de mi casa. Habíamos decidido que ése sería nuestro centro de operaciones. Eran como quince, y les explicamos el caso en diez minutos. ¡Qué diferentes somos los niños de los adultos! Nadie se carcajeó ni se burló de nosotros. Creo que es porque los niños tenemos más espíritu de aventura. O quién sabe, pero el caso es que allí estábamos todos, y juntos. Armamos un plan: necesitábamos a los adultos, pero como son tan difíciles de convencer, los guiaríamos a donde queríamos, es decir, a la Casa Chueca.

Nuestro plan consistía en lo siguiente:

En quince papelitos iguales, escribimos: "Si quiere ver a su hijo, venga al parque del *David* a las ocho de la noche en punto. Lo encontrará en la Casa Chueca". Aclaro que:

Uno. Algunos papelitos decían "hija" en lugar de "hijo". Eran más niñas que niños. Supongo que en la colonia pasa lo mismo que en el mundo, pues hace poco salió en las noticias que hay más mujeres que hombres.

Dos. Pusimos las ocho de la noche, pues a esa hora, la mayoría de los adultos ya habrían regresado del trabajo. También porque estábamos seguros de que alguien de la banda se encontraría en la Casa Chueca, pues yo ya me había fijado que la Bruja llegaba con la botella verde más o menos a esa hora, al igual que el Hombre Negro.

Tres. No pusimos tonterías como "si quiere volver a ver vivo a su hijo" y cosas por el estilo, pues tampoco queríamos que a algún adulto le diera una crisis nerviosa o hasta un infarto. Yo supe del abuelo de un amigo a quien le dio un ataque al corazón cuando supo que se había sacado la lotería y estuvo enfermo mucho tiempo, sin poder disfrutar de sus millones.

Cuatro. Pusimos "Casa Chueca" porque nadie se sabía la dirección y ya no teníamos tiempo para averiguarla. De cualquier forma, alrededor de ese parque sólo hay una casa totalmente inclinada, así que estábamos seguros de que los adultos serían lo suficientemente listos como para localizarnos.

Cinco. No sabíamos exactamente qué íbamos a hacer. La idea era llegar todos juntos, justo tres minutos antes de las ocho, entrar en la Casa Chueca y hacer escándalo para atraer a los vecinos y dar tiempo a que los adultos llegaran.

Cada quien se fue a su casa, se vistió para la acción y dejó su papelito como si alguien lo hubiera deslizado por debajo de la puerta.

Cuando faltaban diez minutos para las ocho, nos reunimos donde está el *David*. Estoy completamente seguro de que todos teníamos miedo, pero cuando uno está acompañado, como que se siente protegido. Por ejemplo, al pasar por un callejón oscuro a lo mejor uno hasta se cambia de acera aunque tenga que caminar más. Pero cuando se va acompañado, como que el miedo se divide en partes y ya nomás le toca un cachito a cada quien. El miedo puede convertirse en miedito e incluso en mieditito.

Conforme íbamos llegando, nos fuimos sentando a los pies del *David*, hasta que llegó toda la tropa. Nadie dijo nada de rajarse o echarse para atrás. Estábamos listos para entrar en acción.

11

Misión imposible

Tres minutos antes de las ocho, nos metimos a la Casa Chueca por la misma grieta que había usado el Hombre Negro el otro día. Podríamos haber entrado por la reja, porque no tenía candado, pero quisimos hacer todo como en las películas de acción. Incluso algunos niños se habían vestido de negro... Chi-son llevaba una linterna china, por supuesto. Me la enseñó muy orgulloso; tenía su letrerito grabado *Made in China*, como casi todo en este mundo.

Nos acercamos a la ventana, caminando muy despacio y procurando no hacer ruido. Había luz adentro.

Chi-son y yo, que éramos los jefes, nos asomamos con mucho cuidado. Yo nunca había sido jefe ni del equipo de futbol, ni de los trabajos escolares cuando nos ponían a trabajar en grupo, ni siquiera de mi casa, porque ese lugar lo ocupan los papás, por alguna razón hasta ahora desconocida. A lo mejor habría que turnarse, como los presidentes. Sería muy divertido hacer elecciones con votos de papel, urnas transparentes, y hasta campañas políticas. Pero sólo es una idea.

Mi amigo Chi-son estaba muy entusiasmado. No quedaba nada de la cara de susto que tenía la primera vez que lo vi fuera del baño del restaurante del tío Juang. Tampoco tenía miedo. Bueno, no mucho, pues cerca de nosotros había toda una pandilla y porque los papás seguramente vendrían... al menos algunos.

A través de la ventana, pudimos distinguir el Bulto Color Mugre. Como la habitación estaba alumbrada, lo vimos casi a la perfección. Sobre una especie de cama o catre, estaba acostada una señora bastante gordis. Su cabello gris estaba todo enmarañado y dizque recogido en un chonguito; tenía una pierna bastante inflamada y medio morada, como si se hubiera dado un guamazo de "¡Santo y Señor mío!" (como dice mi tía Marina, de Colima). Pero no se movía ni un solo centímetro. Es más, ni un milímetro, ni siquiera para respirar. ¿Sería el Bulto lo que imaginábamos? ¿O estaríamos a tiempo para salvarla? ¡Tal vez el nombre que habíamos leído en la lista no era Juvencio, sino Juvencia!

Les hicimos señas a los demás para que se acercaran. Llegaron uno por uno, todos ejecutando su mejor estilo de "paso de puntitas".

Y entonces los vimos, platicando y riendo en un cuarto que estaba más al fondo. La Mancha Roja tenía una botella verde en la mano; la Bruja y don Pacho traían unos trapos; la Extraterrestre ojona se paseaba de un lado a otro, y podíamos ver los inconfundibles pies del Hombre Negro, aunque sin su cuerpo, porque nos tapaba el marco de la puerta.

Iban a hacerle algo al Bulto Color Mugre porque se enfilaron hacia el cuarto en donde estaba tendido (o tendida). No podíamos esperar más, entramos en acción, todos en sus puestos y perfectamente sincronizados, como lo habíamos planeado. La mitad de la pandilla entró al cuarto por la ventana y la otra empujó la puerta (no tuvieron que dar patadas voladoras, porque ni chapa tenía) y, en exactamente 20 segundos, el cuarto se llenó de niños.

Y justo cuando íbamos a empezar a gritar para armar alboroto, entró al cuarto un personaje a quien nunca habíamos visto: un señor muy alto y delgado, casi en los huesos, todo vestido de blanco.

12

LA REUNIÓN

La mente es lo más rápido que hay sobre la Tierra. Más que el guepardo, el animal más veloz del mundo, según las enciclopedias.

De eso me convencí en ese preciso momento y hasta me dio tiempo de pensarlo, por eso digo que la mente es rapidísima. No había pasado ni medio segundo (a lo mejor exagero) cuando yo ya me había inventado veinte mil historias sobre el Hombre Blanco; quien era el cirujano que operaría al Bulto para convertirlo en zombi; que era el líder extraterrestre convertido en humano para llevarse al nuevo ser a su planeta como muestra para su zoológico, o bien, que se trataba de un jefe brujo descendiente de alguna tribu famosa o un experto envenenador... Como mil historias. Todas pasaron por mi mente, pero no tuve tiempo para decidirme por alguna.

Y como ese sujeto —como le hubieran dicho en los noticieros— no era parte de nuestro plan original, nos quedamos mudos un buen rato, sin saber qué hacer.

Pero Chi-son no iba a quedarse de manos cruzadas después de todo el trabajo que nos había costado la investigación, así que comenzó a gritar palabras en chino que solamente él entendía. Ahora que lo conozco más, sé que a Chi-son se le olvida el español cuando se pone nervioso o se enoja. Tal vez me pasaría lo mismo si estuviera en otro país, porque el idioma original no hay que pensarlo, ni revisar si es gramaticalmente correcto, o si la estructura y la sintaxis están como deben estar, y todas esas cosas que nos enseñan en español.

Pues ahora ellos fueron los paralizados. Más bien parecía que en lugar de estar viendo a quince niños, los de la banda estuvieran mirando a un grupo de extraterrestres un poquito reducidos de tamaño.

Aprovechando la confusión, me regresó el valor al cuerpo y yo también empecé a gritar:

—¡Dejen al Bulto! No se atrevan a hacerle nada. ¡Alto en nombre de la ley! —dije. Y vaya que me sentí ridículo porque, ¿a quién se le ocurre gritar justo la frase favorita de uno de los criminales? Chi-son se me quedó viendo con gesto de maestro que reprueba a un alumno.

—¿Qué hacen aquí? —dijeron dos voces. Todos miramos hacia delante y luego hacia atrás, como en las caricaturas. Y es que una de esas voces, más sorprendida que enojada, era la de la Mancha Roja. Y la otra, que estaba más enojada que sorprendida, era la de mi papá. Parecía que se habían puesto de acuerdo para ensayar un coro.

Detrás de mis papás y el tío Juang, entraron un montón de señores y señoras que, supuse, eran los padres de los vecinos de la pandilla.

Como nadie decía nada, me sentí con la obligación de contestar:

—Venimos a salvar al Bul... a la señora del catre —dije—. Y a impedir que le hagan algo a Juvencio, pues también está en peligro.

—¡Qué Juvencio ni qué ocho cuartos! —dijo mi papá, como siempre que quiere hacer tiempo porque no está muy seguro, o cuando da por terminado algún asunto.

Siempre me he preguntado por qué se dice ocho cuartos y no cuatro sextos, por ejemplo. Tal vez era la fracción favorita de quien inventó esas operaciones, las cuales son culpables de los cincos en las libretas de calificaciones de todos los de mi salón.

Nadie de la banda hablaba. Sólo nos veían extrañados y hasta divertidos. "¡Qué cinismo!", pensé en ese momento, como dice mi mamá cuando algo le parece el colmo de los colmos.

Yo sentía como quinientos pares de ojos encima de mí. No pude más y lo solté todo. Los demás de la pandilla luego me dijeron que podría ser orador, porque el relato se entendió a la primera.

Voy a explicarles cómo reaccionó cada uno de los sospechosos.

La Extraterrestre se puso roja de coraje, pero no dijo nada. Hasta entonces, yo estaba seguro de que tenía un circuito que le permitía comprender nuestro idioma, aunque no pudiera hablar, o quizá no tenía autorización de hacerlo.

La Mancha Roja soltó una carcajada que me pareció más apropiada para la Bruja. En cambio, la Bruja se quedó viéndonos con una sonrisita de ésas que hacen los adultos mientras murmuran "paciencia, paciencia".

Don Pacho se echó a reír y nos ofreció uno de sus quesos; el Hombre Negro nos pidió una moneda, imitando mi voz, como yo lo había imitado a él (y también se echó a reír).

Hasta que, de repente, ocurrió lo que nadie esperaba. Del catre salió un gruñido no tan aterrador. Los que estábamos más cerca pudimos ver la cara del Bulto Color Mugre, sonriendo como a fuerzas, como si le costara un trabajo enorme. En ese momento, todavía pensé que, al menos, habíamos llegado a tiempo para salvarla. Pero ahí sí tuve que interrumpir mis planes, porque nuestros papás se enfurecieron, todos al mismo tiempo. Y cuando ya iban a empezar a jalarnos las orejas, habló el Hombre Blanco:

—Buenas noches —dijo, como si fuera a dar una conferencia—. Soy Juvencio y me dedico a salvar vidas, no a quitarlas, ni a transformarlas, ni a chupar la sangre de las personas, ni a envenenarlas.

Y sonrió, como si hubiera contado uno de sus mejores chistes.

13

BARRIO NUEVO, BARRIO VIEJO

—Ven, pequeñito —me dijo la Bruja, con esa vocecita que hacen algunas señoras sin saber cuánto puede fastidiarle a un niño de diez años, ya casi casi un adolescente, que lo llamen como si fuera un mocoso de tres años o menos.

A mí no me movía de mi lugar ni una grúa de ésas que se llevan los coches mal estacionados. Así que no cambié mi postura ni un milímetro.

—¿Quiénes son ustedes? —dijo la mamá de una de las niñas de la pandilla.

Ella sí tenía cara de creernos, a lo mejor porque, luego supe, también tenía poco tiempo de haberse mudado al barrio y quizás estaba bajo el mismo efecto de "barrio nuevo, el peligro acecha", que yo había sentido cuando llegué.

Enseguida, Juvencio empezó a dar explicaciones.

—Un grupo de amigos de toda la vida —dijo sin más ni más.

Y se calló, como para crear un ambiente de suspenso, como cuando una serie de televisión se queda justo en lo más emocionante para dejarte bien picado, la veas la semana siguiente y te dé un coraje horrible cuando en la pantalla de repente aparece la palabra "Continuará".

—¿Pero qué hacen aquí? ¿La señora está bien? —preguntó mi papá, señalando hacia el catre.

Hasta ese momento, pensé que, muy en el fondo, mi papá había creído parte de nuestra historia, pero estaba siendo diplomático, como les dicen a quienes no echan pleito luego luego, sino que tratan de arreglar las cosas educadamente.

—Remigia está malita —respondió el Hombre Negro, como si de veras quisiera mucho a la señora del catre.

Después, la Mancha Roja se adueñó de la palabra y no la soltó durante un largo rato. Me imagino que en las reuniones de señoras ha de ser de las típicas que siempre opinan, que todo saben y dan consejos, mientras las demás seguramente la escuchan superagradecidas o superaburridas. Pero como no voy a poner exactamente todo lo que dijo, porque tendría que hacer un libro de varios tomos, pues ahí les va el resumen:

Resulta que, hace muchísimos años (los adultos nunca dan fechas exactas, pues les choca que les calculen la edad), había un grupo de niños que se reunía todas las tardes en el parque del *David*. Aunque, aclaro, en ese entonces todavía no había estatua y todos le llamaban el Parque de las Brujas (por la casa de la que ya les platiqué).

Esos niños que crecieron en la colonia y vivieron toda la vida ahí eran siete. Iban a la misma escuela (entonces no había tantas, ni tampoco muchos niños), jugaban en las tardes y hasta sus familias se hicieron grandes amigas.

Sin embargo, cuando todos crecieron, tuvieron que separarse porque así lo marca el destino (esta última frase no es mía, la dijo ella, como si estuviera parada en el escenario de un teatro). Casi todos salieron de la colonia, se casaron, tuvieron hijos y algunos hasta vivieron durante algunos años fuera de la ciudad.

—Pero algo tiene la colonia que todos fuimos regresando poco a poco y, ya grandes, volvimos a encontrarnos, como en los viejos tiempos —dijo el Hombre Blanco y volteó a ver a los demás de la banda. Todos sonrieron y movieron la cabeza como diciendo "sí".

En ese momento, me di cuenta de que a lo mejor no eran tan sospechosos.

Luego, el Hombre Blanco continuó con la historia de cada uno. Se tardó horas en contar cada vida y los asistentes nos quedamos callados como tumbas (así dice mi abuela, y a mí siempre me ha parecido una expresión un poco siniestra). La verdad, es muy bueno para platicar. Pero mejor lo resumo, porque no me acuerdo de las palabras exactas:

La Mancha Roja en realidad se llama Clotilde. Le dicen "la Cloti", creo que para disfrazar un nombre que, al menos a mí, siempre me ha parecido medio espantoso (o espantoso y medio). Ella no se casó, pero fue una química bastante famosa. En esos tiempos no se acostumbraba tanto que las mujeres fueran a la universidad, pero a ella le encantaban los laboratorios y trabajaba en una fábrica de medicinas o algo así; además, se la pasaba viajando para dar conferencias en distintos lugares. El Hombre Blanco dijo que Cloti empezó a interesarse en curaciones con plantas, y hasta vivió en la India durante algunos meses y en Oaxaca durante varios años. Cuando ya estaba muy cansada, se retiró y volvió al barrio.

La Extraterrestre, quien ya para entonces me parecía un poco más humana, no era mexicana. Bueno, después se hizo mexicana, pues había nacido en Dinamarca, donde dicen que las personas son muy güeras y desabridas. Llegó a México porque a su papá le habían dado un puesto en la embajada de su país.

Las embajadas son como pedacitos de un país en otros y sirven para que los gobiernos platiquen y hagan negocios o expliquen la cultura de cada uno. Como quien dice, un lugar para que los países se entiendan. Total, que la familia de Pía (así se llamaba la Extraterrestre) se enamoró de México y decidió quedarse para siempre. El papá puso una fabriquita de tornillos o rondanas o algo así, y Pía se naturalizó. Eso quiere decir que se volvió mexicana porque quiso. Luego se casó con un señor de Chile y vive muy feliz con sus tres hijos, que ya están grandes, a tres cuadras de mi casa. Después investigué, y hasta conocí su casa, que tiene muchas flores en los balcones.

Engracia Santos de la Vara (la Bruja) se dedicó al teatro, tuvo varios maridos y fue de las primeras actrices del cine mexicano, aunque no con ese nombrecito, pues no hubiera filmado ni un comercial de detergente malo. Escogió un nombre artístico, así que nadie la conoce por el verdadero. Dice Juvencio (alias el Hombre Blanco) que tenía muchos admiradores y que la llamaron varias veces de Hollywood (esa ciudad de Estados Unidos donde hacen casi todas las películas), pero que ella nunca quiso ir. Uno de los papás la reconoció, se emocionó mucho y hasta le pidió un autógrafo.

Don Pacho fue más bien flojo para los estudios y trabajó en todo lo que se puedan imaginar. Fue velador, mesero, chofer, cantinero, bolero, albañil, vendedor de discos (y de quesos) y hasta guardaespaldas. Como siempre está de buen humor y es muy platicador, nunca tuvo problemas para encontrar trabajo cuando se aburría de alguno. Se casó con una tampiqueña (como la carne asada que así se llama porque la inventaron en Tampico, una ciudad que está en el norte del país). Cuando se cansó de esta ciudad, se fue con su tampiqueña a Tampico, donde se volvió pescador y vivió en una cabaña que estaba en la playa. Esto sí me dio envidia, porque yo siempre he imaginado que vivir cerca del mar, comiendo lo que se obtiene de él y dormir oyendo sus olas, ha de ser muy agradable. A lo mejor eso creo porque las escenas más bonitas de las películas siempre ocurren junto al mar. La mujer de don Pacho murió, y como sus ocho hijos ya estaban grandecitos, decidió volver al barrio. Su hijo mayor es ganadero, tiene vacas, hace quesos y se los manda a don Pacho. Los que más vende son unos que llaman "prensados", pero el segundo lugar lo ocupa el queso oaxaca que así se llama porque está tejido como en bola, lo hagan donde lo hagan.

El Hombre Negro, que en realidad se llama Adolfo, se casó con el Bulto Color Mugre, o sea Remigia. Nunca tuvieron hijos, porque ella se enfermaba a cada rato. Adolfo fue un hombre de negocios muy exitoso, que tenía tres papelerías. A causa de una devaluación les fue muy mal y se quedaron pobres. No entiendo mucho de economía, pero sé que cuando hablan de devaluación, las cosas se ponen color de hormiga (o sea, negras, negras, aunque también haya hormigas rojas), todo el mundo se preocupa y mucha gente se queda sin dinero, y a veces, hasta sin casa.

Después de eso, Adolfo empezó a trabajar en los mercados y tianguis como cargador, mensajero, ayudante o lo que fuera, para ayudar a Remigia, quien siempre ha tenido muchos problemas de salud. Pero un día, el dueño del edificio donde vivían decidió tirarlo, porque ya estaba muy viejo y arruinado, y todos tuvieron que irse. Fue cuando Remigia se puso

más grave. No les quedó más remedio que volver al barrio y ocupar la Casa Chueca, que estaba abandonada desde el terremoto. Unos señores la habían comprado para remodelarla, pero no habían conseguido el dinero para hacerlo, así que permitieron que Remigia y Adolfo vivieran ahí, a cambio de que cuidaran el lugar. Por eso, para completar el gasto, Adolfo se ponía a pedir monedas a veces, al grito de "¡Alto en nombre de la ley!", porque dice que siempre ayuda tener una especie de "marca" para que la gente lo reconozca y se acuerde de él. Y aunque ahora sus amigos lo ayudan, se le quedó la costumbre.

Juvencio también platicó su historia. Estudió medicina y se convirtió en un médico muy famoso. Yo nunca lo había oído nombrar, pero supongo que es porque tampoco conozco a muchos médicos. Él trabaja en un hospital muy importante que está a cuatro cuadras de la colonia. Cuando le dieron el puesto, también regresó a vivir aquí.

Llegó un momento en que los siete amigos estaban de vuelta en la colonia. Esta colonia no es muy grande, así que, poco a poco, se fueron encontrando. Eso no me parece tan increíble, porque yo siempre me encuentro a alguien conocido, al menos de vista, en cualquier parte de por aquí. Un día organizaron la reunión del recuerdo (así dijo Juvencio), y desde entonces, se juntan cada mes... ¿Adivinaron dónde? Pues en un café de chinos. Y siguen tan amigos como siempre.

Cuando Juvencio contaba esto muy emocionado, alguien empezó a lloriquear. Era uno de los papás. No entiendo cómo los adultos pueden ponerse a chillar así, como si estuvieran viendo las telenovelas. Aunque debo confesar que todos estábamos emocionados. Sí, Juvencio es buenísimo para contar historias.

La cuestión era que, esa semana, Remigia se había puesto muy grave. Sus amigos le ofrecieron sus casas para poder cuidarla, pero ella se puso terca.

Adolfo dice que Remigia es una mujer de mucho carácter (eso quiere decir que cuando se enoja, se enoja) y que prefirió quedarse en su propia cama. Juvencio andaba en China (a Chi-son le brillaron los ojos cuando escuchó esta palabra) en un congreso de médicos, así que, mientras lo localizaban, se dedicaron a cuidarla entre todos.

Resultó que la pócima de la botella verde era un compuesto preparado por la Mancha Roja (perdón, doña Cloti), el cual disminuía la fiebre y calmaba los dolores. Así que los amigos se dividían el trabajo: a veces uno daba el dinero, otro compraba las hierbas, alguien más hacía el medicamento, y así se iban turnando para cuidarla.

La famosa lista (que yo traía en la bolsa del pantalón y no me atreví a sacar) era de los turnos, y por eso el nombre de Juvencio no estaba tachado, porque estaba de viaje. Además de la pócima, a Remigia también le estaban dando otras medicinas, pero a ella la hacía sentir muy bien el tecito de doña Cloti. Todos los días iban a visitarla y se pasaban horas platicando en la Casa Chueca, como los buenos amigos de siempre.

Justo ese día, Adolfo había encontrado a Juvencio, quien acababa de regresar de su viaje; por eso todo el movimiento. Por suerte, Remigia se recuperaría, porque no estaba tan grave.

Cuando terminó de contarnos su historia, todos, absolutamente todos, voltearon a vernos a Chi-son y a mí. Ya no me gustó el papel de jefe de pandilla. Ésa fue la primera vez en toda mi vida que me quedé callado.

La verdad, todos los de la Casa Chueca son muy amables. Tienen buen sentido del humor, como diría mi mamá, porque otros, en su lugar, se hubieran ofendido por todo lo que dije de ellos.

Los papás ofrecieron mil disculpas, abrazaron a todos los de la banda como si fueran grandes cuates y jalaron a sus respectivas casas, cada uno con sus respectivos hijos.

Ya cuando íbamos saliendo, se me acercó Pía:

—¿De verdad te parezco una extraterrestre? —me preguntó muy seria.

No supe qué contestar. Ella sonrió. A lo mejor ya se lo habían dicho antes y no le pareció una grosería. Además, ¿quién ha dicho que los extraterrestres son feos?

14

CASTIGADO POR UNA SEMANA

Me castigaron durante una semana, o lo que es lo mismo, no me dejaron salir para nada a la calle, ni ver nada de tele, para que no se me ocurrieran más ideas.

No me fue tan mal, porque después del sermón de mis papás, de todas sus explicaciones sobre el respeto a los demás y el exceso de televisión, se portaron bastante bien conmigo.

Aunque todavía a cada rato me hacen bromas que debo aguantar. Más me vale, porque después de lo que pasó, no me queda otro remedio. Por ejemplo, cuando mi mamá sirve la sopa, me dice "No es una pócima cualquiera, ¿eh? Es tu sopa de fideos favorita". Entonces mi papá le sigue "Espérate, no la pruebes. La tomaré yo primero, no vaya a estar envenenada". Otras veces, si se oye cualquier ruidito

en la azotea, todos se ponen en posición de ataque (también mis graciosas hermanas) y alguno dice "¡Llegaron los extraterrestres! Vayamos a investigar si se trata de una conspiración interplanetaria". Y cosas por el estilo. Pero sé que, en realidad, no están burlándose de mí. Creo que están orgullosos de haber sido los protagonistas de la historia de la colonia, porque resulta que se supo en todos lados, y ahora hasta me miran con respeto. Como que me volví conocido.

Mi mamá ya no me dice con cara de fastidio "Tienes mucha imaginación"; ahora lo hace con cariño.

Así que, finalmente, valió la pena aguantarme la vergüenza.

Además, han salido dos cosas buenas de todo esto:

La primera es que, después de la semana de castigo, los papás organizaron a todos los niños de la colonia para ir a arreglar la casa de Adolfo y Remigia. No es por presumir, pero se las estamos dejando muy bonita porque, entre todos, hemos estado pintando las paredes, colgando cuadros y arreglando un poco el jardín, aunque eso sí ha sido algo difícil, porque nadie sabe nada de jardinería, sólo don Pacho, quien también trabajó arreglando macetas en una florería.

Lo mejor de todo es que, como Adolfo y Remigia son tan buenas personas, nos prestaron uno de los cuartos del fondo para hacer nuestra guarida. Así que todos los de la pandilla nos reunimos una vez a la semana e inventamos miles de juegos. Cuando mis papás lo supieron, nos dijeron que no podíamos estar molestando, pero Remigia repuso que a ella la aliviaba mucho oírnos en el jardín o que fuéramos a platicarle de vez en cuando.

Hemos aprendido mucho de todos los de la banda (bueno, la ex banda). A veces nos reunimos con ellos en la noche (los viernes, por ejemplo) y nos platican historias de cuando eran niños. Descubrimos que ellos también vivieron muchas aventuras. Por ejemplo, persiguieron a un fantasma que resultó ser sólo una sombra, y también impidieron un asalto cuando le avisaron a un policía de la colonia. Seguro que en esos años había un policía para todo, porque les hicieron caso a la primera. No como a nosotros, que ahora tenemos policías superespecializados para cada cosa.

También nos cuentan un montón de historias de la colonia, de cada calle y de cada casa. Aquí han vivido muchas personas que luego se hicieron famosas, además de otras que siguen en la colonia y que seguramente lo serán; tenemos sabios que conocen todo lo que se ha escrito, antiguos cocineros que ahora se llaman chefs y son dueños de restaurantes, y todo tipo de gente.

Me he dado cuenta de que todo el mundo tiene muchas historias interesantes que contar, y yo me la paso hablando con todos para que me las platiquen, aunque mi mamá me diga que me paso de metiche.

Quién sabe por qué, pero la idea que tenía de mi nueva colonia ha cambiado. Ahora me siento muy orgulloso de vivir aquí, de caminar por calles tan viejas (ya no digo que son viejas, sino históricas), y tampoco le tengo miedo a nada.

La segunda cosa buena es que, antes, me sentía muy solo y me la pasaba extrañando a los amigos de mi antiguo departamento. No es que ya no quiera verlos, pero ahora estoy muy contento con mi pandilla, especialmente de tener un amigo como Chi-son. Siempre andamos juntos.

Por cierto, cuando salimos aquella vez de la Casa Chueca, Chi-son estaba muy preocupado porque, a lo mejor, de castigo le tocaba que lo regresaran a China. Pero el tío Juang es buena gente y, aunque parece muy serio, la verdad es que después se rio mucho de todo lo que hicimos.

Total que, desde que resolvimos el misterio de la Casa Chueca y el Bulto Color Mugre, nos la pasamos investigando casos, pero menos peligrosos, como el del misterio del calzón de bolitas de Aristeo. Con ése me gané otra semana de castigo. Ésta, precisamente. Por eso estoy escribiendo ahora: encerrado justo en vacaciones y, como no tengo nada mejor que hacer, decidí que quizá me convierto en escritor, así que mejor voy practicando.

El caso del calzón de bolitas empezó un día en que Chi-son y yo...

No, mejor después se lo platico.

Impreso en los talleres de
Litográfica Ingramex, S.A. de C.V.
Centeno 162-1, Col. Granjas Esmeralda,
C.P. 09810, México, Distrito Federal.
Marzo de 2012.